**De la même Autrice :**

# Romans grands caractères en **Police 18** :

- **Le Mas des Oliviers**, *BoD*, 2022
- **Le cadeau d'Anniversaire**, *BoD*, 2022
- **Autour d'un feu de cheminée**, *BoD*, 2022
- **En cherchant ma route**, *BoD*, 2022
- **Le hameau des fougères**, *BoD*, 2022
- **La fugue d'Émilie**, *BoD*, 2022
- **Un brin de muguet**, *BoD*, 2022
- **Le temps des cerises**, *BoD*, 2022
- **Une Plume de Colombe**, *BoD*, 2022
- **La dame au chat**, *BoD*, 2022
- **Un secret**, *BoD*, 2022
- **La conférencière**, *BoD*, 2022
- **L'étudiant**, *BoD*, 2022
- **Un week-end en chambre d'hôtes**, *BoD*, 2022
- **L'héritière**, *BoD*, 2022
- **On a changé de patron**, *BoD*, 2022
- **Un automne décisif**, *BoD*, 2022
- **Disparition volontaire**, *BoD*, 2022

*** 

# Romans grands caractères en **Police 14** :

- **BERTILLE L'Amour n'a pas d'âge**, *BoD*, 2021
- **BERTILLE Les Candélabres en Porphyre**, *BoD*, 2020
- **BERTILLE, Les lilas ont fleuri**, roman, *BoD*, 2019

*(d'autres parutions à venir... voir le site de l'autrice)*

Romans et livres **Police 12** :

- La Douceur de vivre en Roannais, roman, *BoD, 2018*
- Une plume de Colombe, nouvelles, *BoD, 2017*
- New York, en souvenir d'Émile, roman, *BoD, 2017*
- Croisière sur le Queen Mary II, roman *BoD, 2016*
- La Villa aux Oiseaux, roman, *BoD, 2015*
- La Retraite Spirituelle, roman, *BoD, 2015*
- Recueil de (Bonnes) Nouvelles, *BoD, 2014*

\*\*\*

Aventures Jeunesse (9-14 ans) :

- Farid, la Trilogie, *BoD, 2014*
- Farid et le mystère des falaises de Cassis, *BoD, 2009*
- Farid au Canada, *BoD, 2009*
- Farid et les secrets de l'Auvergne, *BoD, 2009*

\*\*\*

Thriller religieux :
- In manus tuas Domine..., *BoD, 2009*

Site de l'auteure : www.isabelledesbenoit.fr

© Isabelle Desbenoit, 2022
Édition : BoD – Books on Demand, info@bod.fr
Impression : BoD – Books on Demand, In de Tarpen 42, Norderstedt (Allemagne)
Impression à la demande
ISBN : 978-2-3224-2604-1
Dépôt légal : mai 2022
Tous droits réservés pour tous pays

# UN BRIN DE MUGUET

*Isabelle Desbenoit*

— Voyons... Voyons... Que me manque-t-il ? J'ai ma petite table pliante, la nappe, mon fond de caisse dans mon sac, mon pliant et les cageots avec les brins de muguet. Ah si ! je sais... Il ne faut pas que j'oublie ma petite bouteille d'eau et mon casse-croûte !

Nanette, pétillante et enjouée entrait dans sa quatre-vingt-unième année. Elle s'appelait en réalité Henriette mais ce diminutif lui avait été attribué dès l'enfance et tout le monde l'appelait ainsi depuis lors. Son mari était mort d'une rupture d'anévrisme cinq ans plus tôt et la retraitée avait pris l'habitude pour s'encourager dans cette difficile solitude de se parler tout haut à elle-même.

Dans sa voiture ou chez elle, Nanette meublait ainsi le silence et cette conversation solitaire lui permettait aussi d'agir avec efficacité. Souvent, si elle oubliait quelque chose, s'entendre se questionner lui permettait de trouver facilement ce que sa mémoire, encore bonne, mais qui avait tout de même quelques défaillances, lui avait caché.

La retraitée s'était levée tôt, à six heures exactement. Cela ne lui arrivait qu'une fois par an, le premier mai. C'était une couche-tard qui n'ouvrait habituellement ses volets que lorsque le soleil était déjà bien haut dans le ciel. Aujourd'hui, pas question de traîner au lit, il fallait arriver avant sept heures à son emplacement pour installer son étal et vendre le maximum de brins de muguet. Depuis des années, elle se plaçait entre le boulanger et le marchand de journaux. Il y a trois ans, des jeunes avaient essayé de lui prendre son emplacement mais les deux commerçants les avaient fait déguerpir rapidement ; c'était la place de Nanette et ils ne voulaient personne d'autre à cet endroit.

Ce muguet, l'octogénaire l'avait cueilli dans des endroits bien cachés et secrets qu'elle seule connaissait. Elle avait passé la journée de la veille à fabriquer des petits cônes en carton de toutes les couleurs, enrubannés chacun d'un nœud en raphia. C'était son petit plus, le brin était piqué dans un carré de mousse humide puis entouré par le cône. Elle laissait à ses clients le soin de lui donner ce qu'ils voulaient pour cette belle composition. En général, on lui achetait le brin deux euros au minimum mais beaucoup lui laissaient un billet de cinq euros ou plus, reconnaissants de cette jolie présentation.

C'est que Nanette n'était pas riche, elle vivait avec la maigre pension de réversion de son mari et l'argent recueilli lors de la vente était très important pour elle, il lui permettait de payer l'assurance annuelle de sa petite automobile ainsi que celle de son habitation. Si la recette était plus abondante, cela aidait aussi à régler une partie de la facture de chauffage. Elle avait la chance d'être propriétaire de l'appartement qu'elle occupait et, pour rien au monde, elle n'aurait voulu demander quelque chose à ses deux enfants qui habitaient loin et donc venaient rarement la voir.

Sa fierté était de se débrouiller toute seule et elle possédait de nombreuses astuces pour y parvenir. Par exemple, la retraitée s'habillait dans une friperie qui vendait les vêtements au kilo. Il suffisait de les laver, de les arranger un peu si nécessaire en changeant les boutons, en faisant quelques pinces ou autres retouches et sa tenue semblait toujours très présentable. Pour la nourriture, Nanette avait installé sur le grand balcon de sa salle à manger un véritable potager.

Les tomates grimpantes dans des pots, les salades poussant dans de larges jardinières sans compter tout un tas de plantes aromatiques qui agrémentaient les plats ordinaires : les pâtes, le riz ou encore les pommes de terre. Il y avait aussi quelques plants de sauge, de verveine pour faire des tisanes. Nanette mangeait peu de viande, préférant le poisson : une boîte de sardines, du cabillaud, deux œufs au moins une fois par semaine et un steak haché le dimanche. Pour les desserts, des pommes achetées en fin de marché, un peu « talées », étaient agrémentées en compote, en tarte ou simplement savourées crues. Manette aimait aussi les yaourts qu'elle confectionnait elle-même dans sa yaourtière. Elle achetait de temps en temps un morceau de tomme de brebis ou une brique de chèvre.

Pour l'heure, Nanette prit tout son temps pour charger son coffre, elle avait l'habitude depuis toutes ces années mais elle dut faire plusieurs allers-retours pour tout loger dans sa petite citadine. Il ne fallait pas se faire un tour de reins ! Deux cents brins de muguet si joliment enrubannés, cela faisait du volume !

Un quart d'heure plus tard, elle arriva sur la place de la petite ville où elle habitait. Cette année, le muguet était magnifique : les clochettes blanches avaient une maturité parfaite, les feuilles resplendissaient d'un beau vert franc. L'installation fut plus rapide car le boulanger vint l'aider à décharger comme il le faisait toutes les années. Il lui apporta un pain au chocolat ainsi qu'un café chaud. Comme elle était gâtée ! Il faut dire que l'octogénaire était une délicieuse personne, toujours souriante, ne se plaignant jamais et les commerçants l'adoraient. Tous auraient aimé vieillir comme elle. Malgré les épreuves qui ne l'avaient pas épargnée et la solitude, elle conservait un tempérament joyeux et savait s'émerveiller du moindre petit bonheur qui lui était offert.

Il était maintenant sept heures trente, Nanette était installée pour la journée derrière sa table pliante. Les clients qui venaient chercher leur pain ou leur journal n'allaient pas tarder à venir lui acheter un brin de muguet pour l'offrir à leurs épouses ou à leurs amis.

— Bonjour, je peux avoir deux bouquets ? demanda le premier client, un homme âgé d'une quarantaine d'années.

— Voilà, voilà choisissez-le vous-même...

— C'est combien ?

— Vous me donnez ce que vous voulez Monsieur, à votre bon cœur ! répondit avec un grand sourire la vieille dame.

— Ces brins de muguet sont très bien présentés, voilà sept

euros, merci encore et bonne journée !

L'homme repartit content de son achat et Nanette se dit que la journée commençait bien. Météo France annonçait grand beau temps, aucune prévision de pluie à l'horizon... En espérant que les météorologues ne s'étaient pas trompés car la retraitée n'avait pas prévu de parapluie. Elle faisait confiance à la prévision qu'elle avait regardée attentivement la veille à la télévision.

Pour s'occuper lors des longues minutes entre deux clients, car même si les brins partaient les uns après les autres, il fallait patienter, Nanette s'adonnait à un petit jeu d'observation. Elle adorait regarder à la télévision les vieux films policiers d'Hercule Poirot, de Miss Marple ou encore d'*Arabesque* avec l'héroïne qui lui ressemblait beaucoup de caractère, Madame Fletcher.

Ses enfants lui avaient acheté la totalité des épisodes de la série en cadeau de Noël et il ne se passait pas une semaine sans qu'elle n'en visionnât un ou deux. De fait, tous ces héros avaient en commun un sens aigu de l'observation. Ainsi, afin de tuer le temps, Nanette s'imaginait en enquêtrice et tentait de retenir les moindres détails des scènes qui se déroulaient sous ses yeux. Elle se disait que c'était aussi bon pour entretenir sa mémoire car à quatre-vingt-un ans, elle se surprenait souvent à oublier des détails de la vie quotidienne : où avait-elle posé ses lunettes ? Avait-elle bien acheté le paquet de riz qui lui manquait ? Qu'avait-elle regardé à la télévision la veille ? etc.

Aussi, la vieille dame observat-elle une famille qui faisait une halte sur la place du village. Deux enfants d'environ huit et douze ans, une maman très grande avec un foulard autour du cou et un tailleur bleu et le papa, grand lui aussi et sans aucun cheveu.

Elle observa les modèles des voitures garées tout autour de la place, remarqua une camionnette blanche stationnée négligemment sur deux places, un artisan sans doute ?

Les menus détails de la vie de la place en ce mercredi matin occupaient agréablement la retraitée, vendeuse d'un jour. De temps à autre, elle tentait de se souvenir de ce qu'elle avait vu et essayé de mémoriser auparavant.

— Bonjour, vos brins sont si beaux ! Je vais en prendre dix pour tous mes amis, expliqua un vieux monsieur très élégant. J'ai apporté un petit carton, voyez, je vais prendre des cônes de toutes les couleurs, s'il vous plaît.

— Bonjour, choisissez vous-même, Monsieur, prenez les plus beaux et pour le prix c'est vous qui le fixez, vous me donnerez ce que vous voulez, expliqua Nanette ne pouvant s'empêcher d'admirer le bel homme impeccablement vêtu.

— Voilà chère Madame, dit le

vieux monsieur en tendant un billet de cinquante euros, cela suffit-il ?

— C'est parfait, je vous remercie beaucoup Monsieur ! Vous habitez par ici ? questionna aimablement Nanette qui trouvait bien agréable de prolonger la conversation avec ce gentleman.

— Non, je vis seul et j'habite dans le sud de la France mais je passe une partie de l'année ici, par petits séjours d'une quinzaine de jours, car c'est ma ville natale.

J'y ai gardé un studio et des amis d'enfance. Malheureusement beaucoup sont déjà partis... soupira-t-il. À nos âges, cela est normal mais je ne m'y habituerai jamais. Enfin, j'ai quand même encore pas mal de connaissances et nous aimons beaucoup nous retrouver. Vous aussi vous êtes du coin, je suppose ? renchérit-il.

— Oui, j'habite à un quart d'heure d'ici, répondit Nanette.

— Je vous laisse ma carte, Madame, si vous souhaitez vous joindre à nos petites réunions entre amis ce sera avec plaisir, vous n'aurez qu'à me téléphoner, conclut l'homme qui remit son chapeau pour prendre congé.

— Merci beaucoup Monsieur, c'est très aimable à vous et à bientôt peut-être, dit Nanette, ravie de ce client si sympathique.

Les deux retraités se serrèrent la main avec chaleur et Nanette le vit partir en direction du carrefour d'un pas vif. Décidément, cette vente de muguet était propice aux rencontres. Un quart d'heure plus tard, les clients ne se bousculant pas, l'octogénaire avait un peu abandonné son jeu d'observation, se laissant aller à la rêverie. Rappellerait-elle cet inconnu ? Qui étaient ses amis ? Ne serait-ce pas un milieu un peu trop sélect pour elle ?

Soudain, elle vit surgir une moto qui freina brusquement.

Deux hommes avec des casques intégraux étaient juchés sur l'engin. Tandis que le conducteur restait sur la moto en laissant le moteur tourner, le passager rentra en courant dans le bar-tabac. Nanette comprit tout de suite qu'il se passait quelque chose. Elle se leva immédiatement et en marchant le plus vite qu'elle put, elle se réfugia derrière la camionnette blanche. De son sac, elle sortit son téléphone portable et composa le 17 tout en continuant d'observer la scène prudemment à travers les vitres du véhicule.

— Allô, bonjour je suis sur la place Victor Hugo, il y a un hold-up dans le bureau de tabac, venez vite !

Deux coups de feu claquèrent brusquement, et Nanette cria presque au téléphone :

— Prévenez aussi le SAMU, il y a des coups de feu !

— Restez en ligne Madame, êtes-vous à l'abri ? demanda le gendarme de permanence.

— Oui, je suis cachée derrière une camionnette, expliqua la retraitée qui n'en menait pas large.

Nanette décrivit précisément tout ce qui se passait, essayant de voir la plaque minéralogique de la moto mais malheureusement les numéros étaient trop petits et elle n'avait pas ses lunettes. Elle prit des photos avec son téléphone portable de la moto et de son passager. Son neveu lui avait appris à utiliser cette fonction sur son téléphone portable en actionnant un bouton sur le côté de l'appareil, c'était très simple à faire. Bien sûr, les clichés seraient de très mauvaise qualité derrière les vitres de la camionnette mais la police, avec les nouvelles technologies, pourrait peut-être en tirer des renseignements plus précis.

Une minute passa encore, angoissante, et le jeune homme ressortit en courant avec un sac à la main, il monta sur la moto qui démarra en trombe. La retraitée se redressa et tenta, en se déplaçant le plus vite possible, de voir dans quelle direction la moto partait.

Apparemment, le véhicule emprunta le boulevard Jean Jaurès. Rapidement, elle la perdit des yeux. Sans attendre, Nanette entra dans le commerce et découvrit le buraliste assis à son comptoir, complètement choqué.

— Monsieur Gravel, ça va ? Vous n'êtes pas blessé ? demanda-t-elle en lui prenant la main et en lui mettant l'autre bras autour des épaules pour le réconforter.

— Non, je n'ai rien, les deux coups de feu, c'était un pistolet d'alarme, il a tiré en l'air pour m'impressionner... répondit le buraliste qui reprit un peu contenance grâce à la présence de Nanette. En trente-cinq ans de métier, c'est la première fois que cela m'arrive...

— Qu'a-t-il pris ? interrogea Nanette.

— La caisse simplement, il

n'y avait pas grand-chose en fin de matinée et aussi les montres et les stylos de prix qui étaient dans cette vitrine.

    La gendarmerie arriva très vite et les constatations furent faites. Nanette fut interrogée et eut la fierté de pouvoir donner un signalement assez précis des deux jeunes hommes puisqu'elle n'avait rien manqué de la scène. En particulier, elle avait remarqué que le chauffeur de la moto avait un pansement à la main droite qui couvrait deux doigts.

    — Hélas, cela fait quatre commerces depuis le début du

mois qui sont attaqués avec le même mode opératoire, expliqua le gendarme. Il s'agit sûrement de la même bande. Il faut vraiment que l'on mette la main dessus rapidement.

Les autres commerçants étaient tous sortis ainsi que quelques voisins qui étaient chez eux et avaient entendu les coups de feu. Le buraliste fut entouré et réconforté par ses collègues et petit à petit chacun retourna à ses occupations, il fallait bien reprendre le travail. Monsieur Gravel, bien que très secoué, refusa de fermer son commerce et continua sa journée après avoir bu un bon café chaud. Aucune empreinte ne fut relevée car l'homme portait bien entendu des gants. Quand Nanette revint à son étal, il était près de midi et demi et elle sortit son casse-croûte. Toutes ces émotions avaient creusé son appétit et puis elle avait l'habitude de se mettre à table vers midi d'ordinaire. Elle mangea donc avec appétit sa salade de riz et son œuf dur. Le boulanger lui apporta un grand café et un chausson aux pommes pour son dessert.

L'après-midi se passa sans encombre et, vers dix-sept heures,

Nanette vendit son dernier brin de muguet. Elle était très contente de sa recette qui lui permettrait de payer pas mal de factures. La retraitée rentra chez elle et s'allongea une demi-heure car elle était très fatiguée. Bien qu'elle fût encore très alerte, elle n'avait plus vingt ans et son rythme habituel était très paisible. Elle ne sortait en général que l'après-midi et faisait toujours une petite sieste après son repas. En se relevant, vers dix-neuf heures, Nanette passa le restant de sa soirée au téléphone à raconter à ses deux enfants ce qui s'était passé sur la place. Elle éprouvait le besoin d'évacuer le stress après coup et raconter par le menu ce hold-up à ses proches l'aidait à retrouver sa sérénité.

Le lendemain, après une bonne nuit, Nanette décida de retourner voir le buraliste pour prendre de ses nouvelles et acheter le journal du jour. Sans aucun doute, on y parlerait de cette agression. Le buraliste, très entouré par sa clientèle, était fidèle au poste et vendait un nombre impressionnant de journaux locaux qui relataient son agression. Il n'arrêtait pas de raconter son aventure et Nanette comprit qu'il n'allait pas trop mal. Elle acheta le journal et sortit du magasin. Le hasard voulut qu'elle rencontrât le bel inconnu qui choisissait des cartes postales devant la boutique.

— Bonjour, chère Madame, comment allez-vous depuis hier ? J'ai lu la une du journal et j'étais inquiet pour vous puisque votre stand de muguet se trouvait à quelques mètres de cette boutique.

— Bonjour Monsieur, ne vous inquiétez pas, je n'ai rien eu, juste de grosses émotions, répondit Nanette en souriant.

Les retraités se mirent à bavarder plusieurs minutes sur le trottoir comme deux vieux amis. Alors qu'ils se décidaient enfin à se séparer, l'homme eut une idée soudaine, il ne se résolvait pas à quitter tout de suite sa charmante vendeuse de muguet.

— Je ne voudrais pas vous importuner mais si vous êtes seule pour le repas de midi, je vous inviterai volontiers dans la petite pension de famille où je déjeune d'ordinaire. C'est à deux rues d'ici, précisa le vieil homme.

Nanette réfléchit rapidement : après tout pourquoi pas ? Elle avait envie de poursuivre la conversation. Bien sûr, se faire inviter au restaurant par un homme ne lui était pas arrivé depuis fort longtemps... et elle ne pensait pas faire une infidélité en cela à son cher mari auquel elle restait si attachée après cinq ans de veuvage.

— Écoutez oui, répondit-elle, pourquoi pas ? Il y a bien longtemps que je n'ai pas déjeuné à l'extérieur. Depuis la mort de mon mari, je ne sors plus guère, à part pour aller voir mes amies l'après-midi.

— Vraiment, cela me fait plaisir, insista l'homme, que je me présente déjà, je suis Bertrand Lattais, permettez-moi de vous offrir mon bras, dit-il avec galanterie.

— Merci et moi, je m'appelle Nanette Barland, je vous suis, donc.

Dix minutes après, les deux retraités arrivaient dans le petit restaurant familial. Une trentaine de couverts, pas plus, pour des habitués qui avaient tous leurs places attitrées. Le plat du jour était, ce jour-là, de la langue de bœuf accompagnée d'une sauce piquante et de bons légumes de saison légèrement assaisonnés.

— De la langue de bœuf ! C'est parfait, s'exclama Nanette c'est un de mes plats préférés et il y a bien longtemps que je n'en ai plus mangé... Je ne cuisine guère maintenant que je suis seule.

Bertrand l'installa en face de lui sur la petite table qu'il occupait seul, habituellement. La nappe à carreaux et les jolies serviettes en tissu assorties indiquaient que le restaurant était bien tenu.

L'octogénaire n'aimait pas ces établissements où l'on vous met un set de table jetable et où l'on vous donne une minuscule serviette en papier, elle trouvait cela mesquin et très peu pratique.

— Bonjour Madame, bonjour Monsieur Lattais, que prendrez-vous en entrée ? Nous avons des œufs mimosa ou une salade de tomates. La patronne, délicate, ne fit pas de remarque concernant le fait que son client habituel était accompagné.

— Pour moi, je préfère la salade de tomates, dit Nanette.

— Et moi, les œufs mimosa, s'il vous plaît, vous nous mettrez aussi un quart de vin rouge et deux plats du jour, demanda Bertrand.

— Bien sûr, Monsieur Lattais, dit la patronne, aimablement.

— Alors Nanette, je peux vous appeler par votre prénom, n'est-ce pas ? Vous aussi, appelez-moi Bertrand, nous n'avons plus l'âge de nous faire des politesses... expliqua le vieil homme, ravi de manger en si bonne compagnie.

— Oui, bien sûr Bertrand, les prénoms, c'est plus facile, je suis bien d'accord avec vous, acquiesça Nanette qui se dit que son interlocuteur semblait la simplicité incarnée quand bien même sa tenue très stylée aurait pu faire croire qu'il était un peu snob.

La conversation s'engagea naturellement sur le hold-up de la veille. Nanette raconta en détail ce qu'elle avait vu. Alors qu'elle expliquait qu'elle avait remarqué que le conducteur de la moto portait un bandage à la main droite qui couvrait l'index et le majeur, elle vit Bertrand se montrer soudain très attentif.

— Vous dites un bandage à la main droite ? Un motard ? demanda-t-il.

— Oui, oui, j'ai bien eu le temps de le voir, pourquoi ? s'interrogea Nanette.

Bertrand passa sa main droite dans ses cheveux comme pour mieux fouiller dans sa mémoire.

— Je crois que je connais votre motard, dit-il après quelques secondes.

— Mais... comment cela ? questionna Nanette, interloquée.

— Eh bien, en fait, mon studio est au centre-ville et je n'ai pas de garage pour mon auto. D'ailleurs, je ne l'utilise pas quand je suis ici. J'ai donc loué un garage au sein d'une zone HLM, dans un parking souterrain. En arrivant, je la gare là-bas et j'appelle un taxi pour me conduire à mon appartement. Il s'avère que la semaine dernière quand je suis arrivé, le propriétaire, enfin je suppose, du garage d'à côté, était là. Il bricolait une moto et j'ai nettement remarqué un bandage à la main droite. Je me souviens très bien car je l'ai salué et il ne m'a pas répondu, ne levant même pas la tête. Je me suis fait la réflexion que les jeunes maintenant n'étaient plus guère éduqués à la politesse.

— Effectivement, un motard avec un bandage à la main droite, cela n'est pas fréquent, il pourrait bien s'agir du même homme. Bertrand, je vous propose que dès que nous aurons fini notre repas, nous foncions à la gendarmerie pour que vous leur donniez ce précieux indice, suggéra Nanette très excitée à l'idée de pouvoir ainsi renseigner efficacement la maréchaussée pour qu'ils arrêtent enfin ces malfaiteurs.

À peine avaient-ils avalé leur dessert – une crème brûlée pour Bertrand et une tarte au citron pour Nanette accompagnés d'un bon café –, les deux retraités se dépêchèrent de héler un taxi et de se rendre à la gendarmerie. Une fois sur place, tous deux expliquèrent comment ils avaient fait le lien entre le motard du hold-up et celui du box jouxtant celui de Bertrand. Les gendarmes furent très intéressés et décidèrent, séance tenante, de mettre en place un dispositif de surveillance de ce box de garage en sous-sol. Ils promirent à Bertrand de le tenir au courant. Les deux retraités se quittèrent en milieu d'après-midi, attendant l'un et l'autre avec impatience la suite des événements.

Ils n'eurent pas à patienter longtemps car trois jours après, les gendarmes informaient Bertrand que les deux jeunes hommes avaient été arrêtés et qu'ils avaient avoué les faits. Celui-ci téléphona immédiatement à Nanette.

— Allô Nanette ? bonjour, ici Bertrand, ça y est, les malfrats ont été arrêtés et sont sous les verrous, expliqua le vieil homme.
— Ah, tant mieux ! Les commerçants vont pouvoir ouvrir leurs rideaux tranquille, s'exclama Nanette, contente de la tournure que prenaient les événements. Il faut simplement espérer que ces deux jeunes sauront s'amender et qu'ils reprendront le droit chemin une fois leur peine purgée...
— Nanette, savez-vous que mon brin de muguet est toujours

aussi frais depuis que je vous l'ai acheté ? Le cornet de carton que j'avais choisi pour moi est vert, c'est la couleur de l'espérance... Auriez-vous envie de venir demain pour que nous partagions un thé, vous verrez ainsi combien ce joli petit bouquet décore bien ma table basse... Et puis, cela nous permettra de faire un brin de causette, termina Bertrand dans un sourire.

— C'est d'accord Bertrand ! Je viendrai vous voir, c'est vrai, le vert est la couleur de l'espérance et connaissez-vous le dicton qui dit « le mois de mai, de l'année, décide la destinée », il a bien commencé, je trouve !

— Oui, chère Nanette, tout à fait ! je suis ravi et je vous dis, avec impatience, à demain !

Vous avez aimé ce roman ? Vous aimerez...

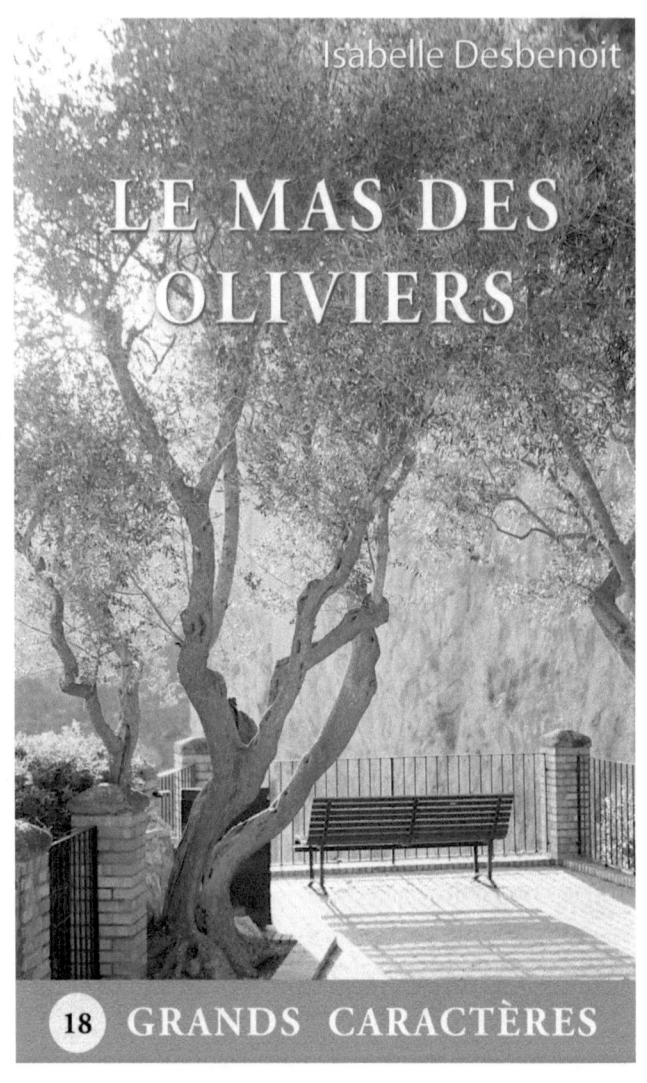